ÉPITRE

D'UN LYONNOIS

A SES CONCITOYENS.

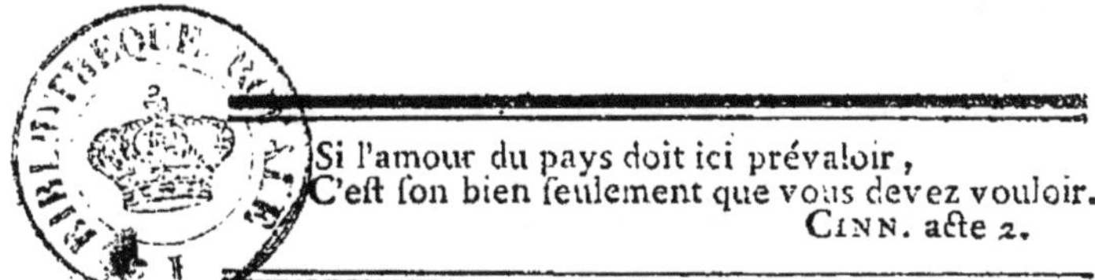

Si l'amour du pays doit ici prévaloir,
C'est son bien seulement que vous devez vouloir.
CINN. acte 2.

M. DCC. LXXII.

Cette Piece eſt le réſultat de mes réflexions ſur les mœurs de mon pays. Un ami à qui je les ai communiquées, a jugé qu'elles pourroient être utiles. Mais, dira-t-on, nos mœurs ſont les mêmes que celles de la Nation, pourquoi attribuer particuliérement à la ville de Lyon ce qui lui eſt commun avec la capitale & avec les autres grandes villes du royaume? Les nuances ſont différentes. Chaque province a ſon caractere diſtinctif, quoiqu'il participe au caractere national. Dans quelques-unes certains vices ont quelque choſe de plus marqué & de plus ſaillant, que dans d'autres. La raiſon? c'eſt aux philoſophes à nous la dire. Puiſſe la tâche que je me ſuis impoſée paroître avoir été remplie conformément aux vues d'humanité qui m'animent ! Et je crois que ce ſentiment doit d'abord ſe porter ſur ceux qui nous environnent, & avec leſquels nous vivons.

ÉPITRE
D'UN LYONNOIS
A SES CONCITOYENS.

TÉMOIN des jours heureux, où la philoſophie
Va, prêchant en tous lieux l'amour de la patrie ;
Quand mes concitoyens touchés de ſes diſcours,
A leur mere commune ont offert leurs ſecours ;
Quand R... déja prêt à nous prouver ſon zele,
Pour défendre nos murs veut être ſentinelle ;
Que F... l'organe, & l'appui de la loi,
A juré de ſervir, & le peuple, & ſon roi,
Et de rendre à Lyon ſa ſplendeur primitive ;
Moi, comme un autre, épris de cette ardeur active
Qui dévore les cœurs pour notre utilité,
J'y tends en homme obſcur : je dis la vérité.
Qu'importe ? ... ſi je ſens le beſoin de la dire.
Mes vers, je le promets, purs de toute ſatyre,
N'iront pas de la haine exhaler la fureur ;
La vérité parla toujours avec douceur.

Loin d'ici l'écrivain, dont la plume coupable
N'a pas craint d'attaquer un prélat respectable,
Il est déconcerté, son vain & noir complot;
Un méchant nous indigne, & l'on se rit d'un sot.
O mes concitoyens! votre gloire m'est chere;
Elle s'étend encor jusqu'à l'autre hémisphere:
Mais est-ce votre bien? ah!... j'entends nos aïeux
Révendiquer le prix des soins industrieux
Qui de l'europe entiere ont excité l'envie.
Le commerce autrefois fit fleurir ma patrie;
On voyoit dans nos murs... beaux jours vous n'êtes plus!
L'or ne pas dédaigner le séjour des vertus:
L'or qui corrompt les cœurs respectoit l'innocence.
On ne connoissoit pas la funeste science
De tromper ses pareils pour un vil intérêt;
La fraude qui se montre, autrefois se cachoit.
Que les temps sont changés! simplicité, droiture,
Nous n'avons plus de vous qu'une froide peinture.
Le commerce, a-t-on dit, est le nerf des états,
Oui, s'il n'entraîne point le luxe sur ses pas:

Si la cupidité, fille de l'avarice,
Ne rend pas plus communs le vol & l'injustice;
Pourvu que la fortune anime les beaux arts;
Que la lumiere perce, & que de toutes parts
D'autres dieux que Plutus, obtiennent des hommages.

Mon pays méconnut ses plus grands avantages.
A peine la richesse eût fasciné ses yeux,
Au dieu de la richesse il porta tous ses vœux:
Ils furent exaucés; & le luxe funeste
De nos principes saints vint détruire le reste.
Il régnoit en tyran... Les vertus à la fois
Déserterent Lyon, & ses superbes toits.
Que nous est-il resté des succès de nos peres,
De leur économie, & de leurs mœurs séveres?
De l'argent, de l'orgueil.... des vices.... digne prix
De nos goûts dépravés, de nos cœurs avilis!
Ainsi Rome perdit sa véritable gloire,
Et le beau nom de Rome est flétri par l'histoire;
Ainsi les changements arrivés à nos mœurs,
Par un fâcheux présage annoncent nos malheurs.

Eh ! faut-il s'étonner si la noble décence
A cédé mon pays à l'affreuse licence ?
Si le crime est hardi, si l'aimable pudeur
Ne fait plus l'ornement d'un sexe séducteur.
J'ai vu la belle Iris, par l'hymen enchaînée,
Briser les nœuds sacrés dont elle est honorée,
Aux yeux de son époux braver toutes les loix,
Et dans un P... faire un indigne choix.
Au mépris de l'honneur, Iris est applaudie.
Que parlai-je d'honneur ? .... il a fui ma patrie.
De l'exemple toujours l'éloquente leçon,
D'un siecle corrompu nous fit prendre le ton.
On sourit à Phryné, dont l'humeur agaçante
Déconcerte en public la vertu chancelante :
Aglaure qui l'entend, qui rougit en secret,
Combat sa vaine honte, & bientôt s'en défait.
Quels seront les progrès du feu qui la dévore ?
Trois lustres sont passés, & son cœur brûle encore.
En vain vous étalez, Églé, tous vos appas ;
Églé, je vous méprise, & ne vous aime pas ;
J'estime la beauté jointe à la modestie.
Alix sait qu'elle est belle, il faut qu'elle l'oublie.

D'où vient qu'un ſexe, fait pour charmer notre ennui,
En poliſſant nos mœurs, les détruit aujourd'hui?
C'eſt qu'à l'heureux talent d'amuſer & de plaire,
Il a ſubſtitué l'audace de tout faire :
Époux par ſes excès êtes-vous malheureux?
On outrage le ciel, en outrageant vos nœuds.
J'aime à me tranſporter dans le temps où nos peres
Donnoient de la vertu des leçons ſalutaires;
Alors, que par honneur l'on faiſoit ce qu'on doit,
Doris étoit ſans mœurs? on la montroit au doigt.
De la ſainte vertu le caractere auguſte
Cenſuroit le méchant, honoroit l'homme juſte;
Le bon eſprit alors, & la droite raiſon,
Des erreurs de mon ſiecle éloignoient le poiſon;
L'honnête citoyen n'avoit pas la foibleſſe,
Étant né roturier, d'acheter la nobleſſe :
Content de ſon état, & noble par ſon cœur,
Il ſavoit eſtimer la ſolide grandeur.
On eſt grand quand on penſe, & quand l'ame ſenſible
Par l'amour ſeul du bien, fait tout le bien poſſible.

Avant que le menſonge altérât les eſprits,
Du goût des plaiſirs purs les cœurs étoient épris.
On aimoit l'humble toit où l'on prenoit naiſſance,
L'art n'y préſentoit pas l'éclat de l'opulence ;
Propre ſans ornement, commode ſans apprêt,
Qu'il étoit précieux ! la vertu l'habitoit.
Le bonheur qui nous fuit, en faiſoit ſon aſyle ;
Il n'eſt que dans les champs, il étoit à la ville.
Sa libéralité nous ouvroit des tréſors
Que l'on cherche aujourd'hui, qu'on poſſédoit alors.
Inſenſés! dans nos mains étoient les biens ſuprêmes ;
S'il nous ont échappé... n'accuſons que nous-mêmes ;
Accuſons de l'orgueil les effets dangereux :
C'eſt la ſimplicité qui nous rendoit heureux.
A d'innocents loiſirs, à de pures délices
Ont ſuccédé le faſte, & ſes plaiſirs factices.
On rafine ſur tout : & les amuſements
Devenus des travaux, ſont changés en tourments.
Ah ! qui rappelleroit la nature bannie,
A mes concitoyens redonneroit la vie ;
Des paſſions encor le trop puiſſant lien,
En les aſſerviſſant, met obſtacle à leur bien.

Leurs travaux ont pour but un intérêt ſordide ;
A leurs amuſements cet intérêt préſide.
Si le démon du jeu tyranniſe leur cœur,
C'eſt la ſoif de l'argent qui nourrit leur ardeur.
La nuit voit commencer des combats redoutables,
L'aurore ſurprendra les athletes coupables,
Pour parer à l'ennui, s'égorgeant ſans pitié,
Et ſe donnant ainſi des preuves d'amitié.
Non, d'un ſi beau penchant le ſentiment ſublime,
Goûté par la vertu, ne l'eſt pas par le crime.
Depuis que la fortune occupe mon pays,
Il eſt des parvenus, mais il n'eſt point d'amis.

O touchante amitié, digne beſoin de l'ame !
Pour ſentir tes douceurs, il faut ſentir ta flamme.
Sans remords dans ton ſein on voit couler ſes jours.
Qui ne te connoît pas, doit s'affliger toujours :
Des mortels mille maux ſont le triſte apanage :
Le fardeau peſe moins, ſi quelqu'un le partage.
Il n'appartient qu'à toi d'alléger nos douleurs
Deſcends, fille du ciel ! viens unir tous les cœurs.

Le ſage cependant que la philoſophie
Convainquit du beſoin de conſoler la vie,

Déplore les erreurs de la ſociété,
Ses plaiſirs turbulents, ſa pénible gaieté.
De l'amitié, dit-il, on ignore les charmes;
On portera donc ſeul le poids de ſes alarmes:
Qui me conſolera dans mes chagrins divers?
Eſclave du malheur, qui briſera mes fers?
Un homme a-t-il conçu le monſtrueux ſyſtême,
Hélas! trop adopté, de n'aimer que ſoi-même?
L'humanité s'en plaint: l'égoïſte odieux
Vit parmi les humains, & ne vit point pour eux.
Ce ſtupide Créſus eſt bouffi d'arrogance;
On le voit dédaigner la timide indigence,
Lui, dont la vanité ne ſe refuſe rien.
Barbare! ton égal te demande du pain;
Des pauvres mépriſés, un dieu prend la défenſe;
Il va lancer ſur toi les traits de ſa vengeance.
De penſer à toi ſeul, tu ſuis l'étrange loi?
C'eſt pour te déteſter que nous penſons à toi.

Je plains les malheureux dont l'extrême miſere
Ne peut point obtenir un ſecours néceſſaire.
Les yeux mouillés de pleurs, cent fois je fus tenté
De quitter à jamais cette dure cité.

Un motif me retient : l'amour de la patrie.
Sa gloire fut long-temps par le vice obſcurcie;
Si j'en crois mes deſirs, ſi j'en crois mon amour,
A la ſaine vertu je verrai ſon retour.
Mais qu'il me ſoit permis, en citoyen fidele,
Pour ſauver mon pays, de ſignaler mon zele !
D'un ſtérile ſouhait c'eſt trop peu pour mon cœur.
Je vole à ſon ſecours, & je ſuis mon ardeur.
Au luxe, dont le ſouffle empoiſonna la terre,
Commençons par livrer une ſanglante guerre.
Les vices qu'il créa furent nos ennemis;
Vaincus par nos efforts, qu'ils tombent avilis;
De l'âge ſi vanté rappellant l'innocence,
Honorons la pudeur, banniſſons l'indécence:
Qu'on admire en tous lieux l'auſtere probité;
Que les levres, les cœurs offrent la vérité.
Ainſi l'on reverra les vertus exilées,
Et leurs dons précieux orneront nos contrées.
La ville reprendra ſon ancienne vigueur,
Et de ce changement renaîtra ſa ſplendeur.
Quand le corps travaillé d'une fievre tenace,
De ſon ſang corrompu renouvelle la maſſe,

Le progrès de son mal dès-lors est arrêté,
Il acquerra bientôt la force & la santé.
Puissent les bonnes mœurs sur les débris du vice,
Établir parmi nous la paix & la justice !
Puissent les préjugés qui couvrent l'horizon,
Ne plus intercepter le jour de la raison !
Pour les repousser mieux, éloignez l'ignorance,
Elle enfante l'erreur, trompe la conscience ;
Sur vos yeux de la nuit épaissit le bandeau,
Et de la vérité dérobe le flambeau.
Opposez-lui des arts la puissante barriere :
C'est des arts que nous vient une utile lumiere.
Des quarante assemblés ici, comme à Paris,
Gardez-vous toutefois de lire les écrits.
Tel de l'homme à talents le prix en vain s'arroge,
Pour avoir publié son mince nécrologe.
Quoi ! l'on estimeroit les froids calculateurs,
A l'école du goût que tiennent les neuf sœurs ?
Un autre va s'asseoir au milieu du Parnasse,
Qui vend pour de l'argent ses drogues sur la place :
Ami, le corps va bien ; amuse mon esprit :
Tu verras aussi-tôt augmenter ton crédit.

C'eſt par d'heureux travaux qu'on parvient à
la gloire ;
Seuls ils doivent ouvrir le temple de mémoire.
Le genre n'y fait rien, pourvu que les talents
Réfléchiſſent ſur nous leurs rayons bienfaiſants.
Plus d'un uſurpateur d'un titre qui l'honore,
Pour ſe juſtifier n'a rien produit encore ; . . .
Chargés du noble emploi d'éclairer leurs égaux,
C'eſt en le rempliſſant, qu'ils feront des rivaux.
„ Mais s'il eſt des frêlons, n'eſt-il pas des abeilles ?
Du moins nous recueillons les doux fruits de
leurs veilles ;
Les Bory, les Claret, les Bordes, les Mongez,
Ont ſouvent du public obtenu des ſuccès.
Ce public a des droits ſur notre académie ;
Elle doit avancer les progrès du génie ;
Maintenir du bon goût les rigoureuſes loix ;
Réformer les abus, en élevant ſa voix.
Ces établiſſements, toujours plus qu'on ne penſe,
Repandent ſur nos mœurs leur féconde influence.
Qu'ils peſent tous leurs choix : que la religion
N'ait jamais à rougir des torts de la raiſon.

Maintenant près de vous obtiendrai-je ma
grace ?
Ou de mes foibles chants blâmerezvous l'audace ?
O mes concitoyens ! j'ai rempli mon devoir ;
Oui : mon cœur satisfait veut s'ouvrir à l'espoir...
Il ose se flatter du plus cher avantage ;
A-t-il pu vous toucher ? il a votre suffrage.
Et votre aveuglement qu'il n'a su pallier,
Est-il prêt à finir ? C'est son plus beau laurier.

F I N.

ÉPITRE
D'UN JOURNALISTE
A L'EMPEREUR.

Sire ! Sire ! justice, ou bien c'est fait de nous.
Conspirer contre moi, c'est s'armer contre vous.
Déjà dans son Journal on attaque l'Empire;
Partout on laisse voir le mépris que j'inspire;
De tous mes abonnés on ébranle la foi;
On doute de la mienne.... O doute affreux pour moi!
J'ai pour beaucoup d'argent promis beaucoup d'injures,
Beaucoup de déraison et beaucoup d'impostures :
N'ai-je donc pas tenu ces saints engagemens?
Ah! je les ai remplis par-delà mes sermens.
Jusqu'à l'absurdité poussant la calomnie,
Je n'ai rien épargné, ni vertu, ni génie;

Du fiel le plus amer j'ai souillé tout succès;
J'ai fait même à F..... envier mes excès :
Avec plus de fureur j'aboie au philosophe.

Mais mon pouvoir, hélas! se borne à l'apostrophe.
Je ne puis de la foudre imiter que le bruit.
J'ai bien tout attaqué, mais je n'ai rien détruit.
Blessé de la splendeur de tous les noms célèbres,
J'ai sans cesse voulu, digne enfant des ténèbres,
De ces astres brillans éteindre la clarté,
Et de l'éclat du jour venger l'obscurité.
Inutiles efforts! vainement l'ignorance,
Le mensonge et l'erreur m'ont prêté leur puissance;
La raison luit encore, et ses rapides feux
Volent, fendent la nue en sillons lumineux,
Et, vers la vérité de leur flamme éclairée,
Découvrent aux humains une route assurée.
Importune lumière! adultère union!
Que suivront l'incendie et la destruction!

Dans ces jours malheureux de deuil et de ruine,
Toi sur qui j'ai fondé ma cave et ma cuisine,
O mon cher Feuilleton! que vas-tu devenir?
De vin, de bonne chère il faudrait m'abstenir!
Il faudrait vous quitter, délices de Capoue!
Du luxe du Journal retomber dans la boue!

O de mes derniers ans déplorable destin !
Pour prix de mes travaux, quoi ! l'opprobre et la faim !
Passe encor pour l'opprobre; il a son avantage :
Autrefois, sous Fréron, j'en fis l'apprentissage :
Rarement on en meurt; quelquefois on en vit,
Et ce n'est pas moi seul que ma honte nourrit;
Et nous serions réduits à le revoir stérile
Ce champ que mon fumier a rendu si fertile !
Vous êtes Empereur, et vous le souffririez !
Sire ! au nom de l'Etat je me jette à vos pieds.

La victoire, il est vrai, sur votre front allie
Les palmes de l'Egypte aux lauriers d'Italie;
Déjà Vienne deux fois, devant vos étendards,
A vu s'humilier l'orgueil de ses Césars :
En vain bravant encor la foudre qui s'apprête,
Albion à vos coups croit dérober sa tête;
Dans la même balance où vos augustes mains
De tant de nations ont pesé les destins,
L'Angleterre viendra, suivant la loi commune,
Faire juger ses droits et régler sa fortune;
Vous la verrez soumise au plus noble ascendant,
De Neptune à vos pieds déposer le trident;
Vous vaincrez les Anglais, mais non les philosophes.
Sire ! tant qu'ils vivront craignez les catastrophes;
Craignez tout; je suis sûr, pour moi, que c'est par eux
Que le Vésuve brûle et lance au loin ses feux;

Que la terre ébranlée engloutit Parthénope,
Et que la fièvre jaune épouvante l'Europe.
D'ailleurs, à la raison dressant un tribunal,
Leur voix ose y traduire autel, trône, journal,
Alors que sous le joug du pouvoir arbitraire,
Les prêtres et les rois veulent courber la terre,
Et que, briguant l'honneur de servir leurs desseins,
Aux fers, s'ils sont dorés, je tends d'avides mains.
Ils ne sauraient souffrir aucune tyrannie.
Sire! laisserez-vous tant d'audace impunie?

Ah! pour la liberté caressant leur fureur,
Vous-même avez nourri cette funeste erreur;
Vous l'avez autrefois adorée et servie;
A cette idole encor votre cœur sacrifie.
Elevé par le peuple au premier rang des rois,
Vous soumîtes le sceptre à l'empire des lois,
Et, par votre génie au sénat inspirées,
Ce n'est que par son vœu qu'elles sont consacrées.
Cela peut être beau; mais cela ne vaut rien.
L'Empereur ne doit plus penser en citoyen;
Il doit, maître absolu, ne point souffrir d'entraves,
Et même pour sujets n'avoir que des esclaves.
Des chaînes! des baillons! ou plus haut que les rois
L'opinion toujours élevera sa voix.

Une digue au torrent fut jadis opposée;
Mais ses chocs redoublés dès long-tems l'ont brisée.
Contre lui vainement s'unirent tour à tour
L'Eglise au Parlement, la Sorbonne à la Cour;
Chaque jour se frayant un plus libre passage,
Ses flots d'un cours plus doux caressaient le rivage,
Et les champs plus féconds, par ses eaux pénétrés,
Semblaient de ce poison toujours plus altérés.
Le venin se glissa jusqu'au sein de l'Eglise;
La Sorbonne elle-même une fois y fut prise.
Un philosophe, hélas! profana son bonnet
Lorsqu'elle en décora le front de M.....;
Et trop digne, en effet, d'une secte ennemie,
L'infidèle docteur fut de l'Académie.
Il mourra, le perfide! ainsi qu'il a vécu;
L'exemple, ni le tems, rien ne l'a convaincu,
Et toujours plus ardent, toujours *visionnaire*,
Ne vient-il pas encor de venger *Bélisaire?*
Le feu qui l'embrâsa ne s'est point amorti;
Mais j'ai trouvé son bras, moi, fort appesanti.

O coupable constance! ô vieillesse indocile!
Lah.... s'est montré plus sage et plus facile;
S'il vécut philosophe, il mourut pénitent.
Mais on n'imite pas cet exemple éclatant:

Tant d'obstination et m'indigne et m'irrite.
Si l'on n'est pas dévot qu'on se fasse hypocrite!
Eh! que suis-je moi-même? il faut suivre mes pas,
Et penser comme moi, sinon ne penser pas.
Oui, Sire, c'est trop peu de contraindre au silence;
Il faut encore, il faut empêcher qu'on ne pense;
Il faut rompre à jamais ce lien des esprits,
Cette invisible chaîne entre Londre et Paris.
Les penseurs sont un ordre : et les bûchers du temple
Ne vous auraient donné qu'un inutile exemple!
Qu'attendez-vous? Frappez ces nouveaux Templiers,
Fauteurs de R........ et de ses chevaliers,
Qui, n'approuvant jamais que les coups légitimes,
Des vengeances des rois osent faire des crimes.
On les ménagea trop : soyons plus aguerris;
Brûlons le philosophe, et non plus ses écrits.
A l'Inquisition redemandons ses flammes;
Que leur feu salutaire épure enfin les ames,
Et que partout de joie un même cri poussé
Dise : Dieu soit béni! la raison a cessé.

Sur nos fiers ennemis quelle illustre victoire!
Mais souffrez que mon zèle en partage la gloire,
Sire! j'ose prétendre à l'honneur d'allumer
Le fagot trop tardif qui doit les consumer.

J'aurais dans d'autres tems fondé le Saint Office ;
Mais si le ciel permet que je le rétablisse,
C'est assez ; je saurai faire dire de moi :
Saint-Dominique à peine est l'égal de G.......

DE L'IMPRIMERIE DE LA RUE DE LA HARPE,
N°. 93.

www.ingramcontent.com/pod-product-compliance
Ingram Content Group UK Ltd.
Pitfield, Milton Keynes, MK11 3LW, UK
UKHW021043260726
13994UKWH00005B/2335